8° Z

LE SENNE

8020

8°Z bu Sume 8°2°

EXECRABLE
LARRECIN
ET
SACRILEGE
FAIT DV S. SACREMENT
DE L'AVTEL, EN L'EGLISE
Commendataire de S. Iean
de Latran de Paris, le
14. Feurier 1620.

Emsemble comme il a esté miraculeuse-
ment recouuert en les prisons de
la Iustice de Sainct Benoist
de ladite Ville.

A PARIS,
Chez Isaac Mesnier, ruë S. Iacques
au Chesne verd.

M. DC. XX.
Auec Permission.

ESTRANGES ET

execrable forfaict d'vn Larron qui poussé du diable, a rauy & emporté le S. Sacrement de l'E glise Commendataire de S. Iean de Latran de Paris, le 14. Feu urier 1620.

E n'est plus rien de ce tant memorable, larrecin du Thresor de l'Eglise de sainct Marc à Venize, au quel l'on tient y auoir esté pris & desrobé par vn Larron Grec, qui faisoit semblant d'estre des dome- stiques du Duc de Ferrare, il prit douze Couronnes, & autant de

A ij

Corcelest d'Or, garnis d'vn nombre innumerable de pierrerie, dont la splendeur eblouïssoit les yeux: plus des Chauderons d'Agathe, & d'autres pierres de prix, dont les ances estoient merueilleusement estimées, à cause de leur valleur, des Chandeliers & autres reliquaires pour les Autels: lesquels outre la matiere de pur or, estoient garnis de cy grand nombre de rares pierreries, que l'Or n'estoit rien à comparaison, lequel larrecin a esté estimé à la valleur de plus de deux millions d'Or.

Or en voicy bien vn autre, non de Couronnes d'Or, ny aussi de toutes les plus riches pierres presieuses que l'on sçauroit estimer estre en tout l'enclos de l'Vniuers. Car ce n'est point vn Thresor terrestre, & qui soit sujet à changement: c'est le Thresor des Thresors, car c'est celuy que nous deuons, & sommes subjects de croire estre le Createur du Ciel & de la Terre, celuy qui est descendu du

Ciel en terre pour la redemption
du Genre humain, Celuy qui d'vn
clin d'œil feroit boulleuerser le
Ciel & la Terre si bon luy sembloit.
Bref celuy qui se communique à ses
creatures amiablement par la tou-
te puissance, sous l'espece d'vne
sainte Hostie petrie sans leuain, &
Consacree par des paroles, *Hoc est
enim corpus meum* prononcee par la
bouche du Prestre, par ce pain qu'-
elle estoit auparauant lesdites paroles, est apres icelles le vray Corps
& Sang de nostre Seigneur, en
iceluy Sacrement.

Sacrement duquel sainct Cy-
prian, dict que Serapion recouura
la parole lors qu'il Communia, &
dans sainct Ambroise, qui dit, que
lors que des prophanes vouloient
jetter ce Diuin Sacremēt aux chiēs,
ils retournerent leur rage pour les
deuorer; sacrement qui donne la
vie à la mort, qui souuentefois à la
veuë mesme de ses ennemis, a esté
veu souuente ois suspenduë en l'air,
lors que plusieurs Eglises ont esté

embrazées de feu ; Bref vn sacrement tout remply de Diuinité &
prerogatiue, veu que c'est la Diuinité mesme, & qui aux ames bien
nees communique ses grandeurs.

C'est donc de ce grand & admi-
rables Tresor duquel ie veux decla-
rer & manifester au peuple l'abominable & execrable larrecin, qui
en auoit esté commis, par vn ma-
nifeste larron, qui poussé du diable,
lauroit voulu rauir & emporter de
l'Eglise comendataire de S. Iehan
de Lateran de Paris, le quatorsiéme
Feburier 1620. comme il s'en-
suit,

Le quatorsiéme Feburier 1620.
sur les dix heures du matin, l'Eglise
Commendataire de S. Iehan de
Latran de Paris, estant ouuerte vn
Ieune Homme aagé de vingt trois
ans ou enuiron, qui soubs l'ombre
de deuotion, auroit entré en icelle
Eglise pour y faire ses deuotions,
(Comme souuent le diable donne
l'inuention de se couurir des bon-
nes œuures) pour en commettre

d'exécrables & mauuaiſes,) Or eſtãt
en icelle Egliſe, & s'y voyant ſeul,
comme n'y ayant à toutes heures
du monde, n'eſtant vne Paroiſſe
frequentée pour n'eſtre d'eſtendue
qué le circuit de ſon Cloiſtre.

Ce voyant donc ſeul, commëça
ce Larron (dit-il) à la ſuſcitation
d'vn Homme habillé de noir, qui
tout à l'inſtant il auiza pres de luy,
qu'il n'auoit encore aperceu en
icelle Egliſe, & montant ſur le Mai-
ſtre Hoſtel, pour miſerablement
& abominablement prendre & rauir le S. Ciboire d'argent, dans lequel eſtoit enclos neuf Sainctes
Hoſties Conſacrées, prenant donc
ledict Sainct Ciboire, le mettant
en ſa pochette, & eſtant decen-
du de deſſus l'Hautel, apres auoir
commis vn ſi exécrable forfaict, auroit eſté tout penſif de ce
qu'il deuoit faire en apres, mais
côme Dieu permet toutes choſes,
il demeura quelque temps en ladicte Egliſe, iuſque à ce que l'officier
qui à la garde & gouuernemẽt d'y-

celle, y entra pour la fermer, le rē-
contrant en deuoir, comme il se
mettoit de prendre les Nappes qui
estoit sur iceluy Autel, estant donc
descouuert en son Larresin, quant
aux nappes seulement il a esté sou-
dainement pris & aprehendé au
corps par ledict Officier, conduit
aux Prisons de Messieurs les Ve-
nerables Chanoines de l'Eglise de Monsieur Sainct Benoist,
cōme Prison empruntée & estant
la plus proche ou s'est commis le
forfaict.

Estant en icelle prison comme
c'est le soing & le deuoir d'vn sage
& prudent Geollier, ils l'auroit visite dans ses habis, craignant qu'il
neut sur soy quelque chose dequoy
ilse peut offencer, ayant en icelle
visite trouue sur luy la coiffe de ta-
fetas rouge, en laquelle le sainct Ciboire est d'ordinaire dedans, l'on
ce doubta tout aussi tost du faict,
commençant donc à chercher en
tous les endroit d'ycelle prison, la
ou l'ō à trouué le dict sainct Ciboire
entre

entre des pierres, qui estoit desja
rõpuë en deux pieces, aussi les neuf
sainctes Hosties qui ont esté incon-
tinent auec grãde deuotion releuées
par vn fort honneste homme d'E-
glise, qui auec grande reuerence &
honneur les auroit portez en l'Eglise de Monsieur sainct Benoist, ius-
que à ce que la Paroisse de s. Iean
de Latran les soient, auec la solemnité y requise, venu querir en ladicte Eglise, pour les retourner en la
leur.

Ce que s'estant deliberé de faire,
ne manqua le Curé de ladicte Eglise de S. Iehan de Latran, de faire
aduertir tous les Prestres qui d'ordinaire y sont habitués, pour se pre-
parer à la Procession qu'il desiroit
faire, pour aller requerir leur sainct
Ciboire & S. Hostie en ladicte Eglise de sainct Benoist, & le receuoir
des mains de mesdicts Sieurs les
Chanoines de ladicte Eglise.

Ce qu'ils firent le mesme iour 14.
Feburier 1620. sur les trois à quatre

B

heures du soir, là où en ladicte Egli
se de sainct Benoist, fut chaté le salut du sainct sacrement, par la Mu-
sique ordinaire de ladicte Eglise
où assisterent vn tres grands nom-
bres de personnes, tant de ladicte
Paroisse que de diuers autres de
Paris, à la fin duquel salut, l'on re-
porta ledict sainct sacrement, en
l'Eglise de sainct Iehan de Latran,
auec toutes les ceremonies y requi-
ses, vn chacun tenant en sa main vn
Cierge allumé.

Estant arriué en ladicte Eglise
auec beaucoup de Ceremonies l'o
remet le sainct sacrement, (comme n'ayant point esté pollu par les
mains de cet abominable laron en
ce que il declara, que lors qu'il voulut rompre ledict sainct Ciboire ce
fut lors qu'il fut prins) auec beaucoup de deuotion rendant grace à
Dieu d'vn si miraculeux recouure-
ment.

Cependant tout le contenu cy
dessus, messieurs de la Iustice de
la terre & seigneurie Commenda-

aire de sainst Iehan de Lateran,
ar leurs prudences & diligences a-
coustumés, donnerent ordre à faire
ransferer le prisonnier en leurs pri-
risons, à celle fin que par leur so-
ide, & prudent Iugement, sur les
nquestes qu'ils ont commécé, de
aire pour prononcer sentence a-
encontre du malfaicteur, & pour
nodel d'vn si énorme sacrilege,
voicy quelques Arrests qui ont esté
si deuant prononcés alencontre de
pareils malfaicteurs.

Le Iurisconsulte Marcian, en la
loy *hæc lege §. diuus.* dit qu'vn ieune
homme de qualité fut trouué mettant vn coffre dedans l'Eglise, &
enfermant vn hôme dedans, lequel
apres que l'on auoit fermé le téplé,
sortoit de ce coffre, & desroboit
plusieurs choses du temple, & puis
se remettoit dedans le coffre, estãt
conuaincu, les Empereurs Seuerus
& Anthonius le releguerent en vne
isle.

Vn prisonnier conuaincu d'a-
uoir desrobé la custode en laquelle

estoit la saincte Hostie du precieux Corps de Dieu, & d'auoir mis la coupe souz l'vn des pieds pour la rompre & mettre en pieces, pour plus aisément l'emporter, auec l'vn de ses sabots l'auoit forcée a grands coups, fut condamné à la mort & dernier supplice, par Arrest de Bourdeaux le 17. iour de Mars 1527. suiuant ceste loy *sacrilegi*, en ce titré Boier question 254. *Copronymus Imperator cum insano pratiosioru lapidum amore ageretur, Coronam quoque Heracly, in magna æde dedicatam adamauit, ablatamque gestauit in publicum progressus, inde domum, reuersus caput carbunculis grauiter est affectum vehementissimaque eum inuasit febris, itaque malam animam infeliciter exhalauit, præmium sacrilegy iustum consecutus vt ait Cedrænus.* En l'an mil six cens treize, vn ieune homme estãt entré aisément par vne petite ouuerture dans le lieu où est le sepulchre de sainct Sernin à Tholose, qui est tout d'argent pour en prendre quelque piece, ne peut sortir, se

trouuant plus gros que quand il y
estoit entré. Par Arrest de Tholose
an susdit, fut condamné estre pen-
du presidans Monsieur Caminade.

Au mois d'Aoust mil cinq cens
& trois. le iour s. Louys, qui est le
vingt-cinquiesme dudit mois, vn
ieune escolier de Paris nommé E-
mon de la Fosse, natif du pays de
Vimeu pres Abbeuille, aidant à dire la Messe en la saincte Chappelle
du Palais de Paris, auquel iour les
quatre Mandiens ont accoustmé
aller en procession en la saincte
Chappelle, ainsi que le Prestre
auoit consacré la saincte Hostie,
& qu'il la monstroit, ce pauure
fol l'arracha furieusemenr d'entre
les mains du Prestre, & en fuyant
l'emporta iusques au bout des de-
grez de la saicte Chappelle, où
presse de grand nombre de gens
qui le suiuoient, la mit en pieces &
la laissa tomber à ses pieds. Iamais
ne cuida euader qu'il ne fut occis
sur le lieu par aucūs Gentils hōmes
qui luy auoiét veu commettre cest

acte, mais vn Conseiller de la Cour
de Parlement le sauua pour l'heure,
afin qu'il fut plus grieuement pu-
ny, fut mené prisonnier en la
Côsi gerie dudit Palais, les pieces
de la saincte Hostie furent recueil-
lies, & vn drap d'or estendu sur le
paué auec grands luminaires qui
tousiours bruslerent iusques à ce
qu'on eust osté ledit paué, qui fut
mis en reliquaire, non sans grande
solemnité & deuotion, où les Pa-
risiens se môstrerent fort bôs Chre-
stiens, & pout on dire que Paris a
tousiours esté le bouleuert de la
Religion Catholique, Apostolique
& Romaine, le seruice de Dieu y est
faict auec plus de splendeur & ze-
le qu'en ville de France, & non sans
cause, car elle est ornee & fortifiee
des plus sçauans & grands Theolo-
giés qui soiét en tout le Royaume:
On alloit à ce lieu à grande presse,
nuds pieds, plorans & crians mise-
ricordes : ce pauure heretique fut
ouy par aucuns des Conseillers de
ladite Cour, qui ne trouuerent pas

grands propos en luy, & penserent,
qu'il fut hors de sens, c,est pour
quoy ils le firét visiter par les Mede-
cins, & trouuerēt qu'il estoit menia-
que & frappé en vne partie de son
éntédement, neátmoins parce qu'il
auöit mis furieusement les mains
en la sainĉte, Hostie fut par Arrest
de Paris cōdáné auoir le poing cou
pé, & à estre bruslé tout vif au mar-
ché aux pourceaux, & ainsi qu'il
sortoit de la Chappelle de la Con-
ciergerie, ouït qu'vn nōmé Char-
noüel de l'ordre des freres Pres-
cheurs l'exhortoit se retonrner à
Dieu & laisser sa folle opinion, il
respondit, ie suis bien mary que ie
ne le puis faire, toutesfois comme
on le vouloit brusler ne se voulut iamais conuertir. Gilles en ses Anna-
les & Chroniques. Ie m'estonne
que nos nouueaux Historiogra-
phes ayent obmis ces beaux actes
pleins de pieté & deuotion.

F I N.

DEffece sont faicte à tous Libraires Inptimeurs & Colporteurs, & autre persóne, de quelque qualité & conditió qu'il soient, de vendre ny debiter du present Exécrable Sactilege, sinon de l'Inpression de Isaac Mesnier, surpaines de cens liure damende, & par Corps, confiscation des Exemplaires, nonobstant oppositions n'y appellation quelconque, cómeplus amplement est portés par les defences, Donné à Paris le 15. Feburier 1620.

Signé DE MESME.

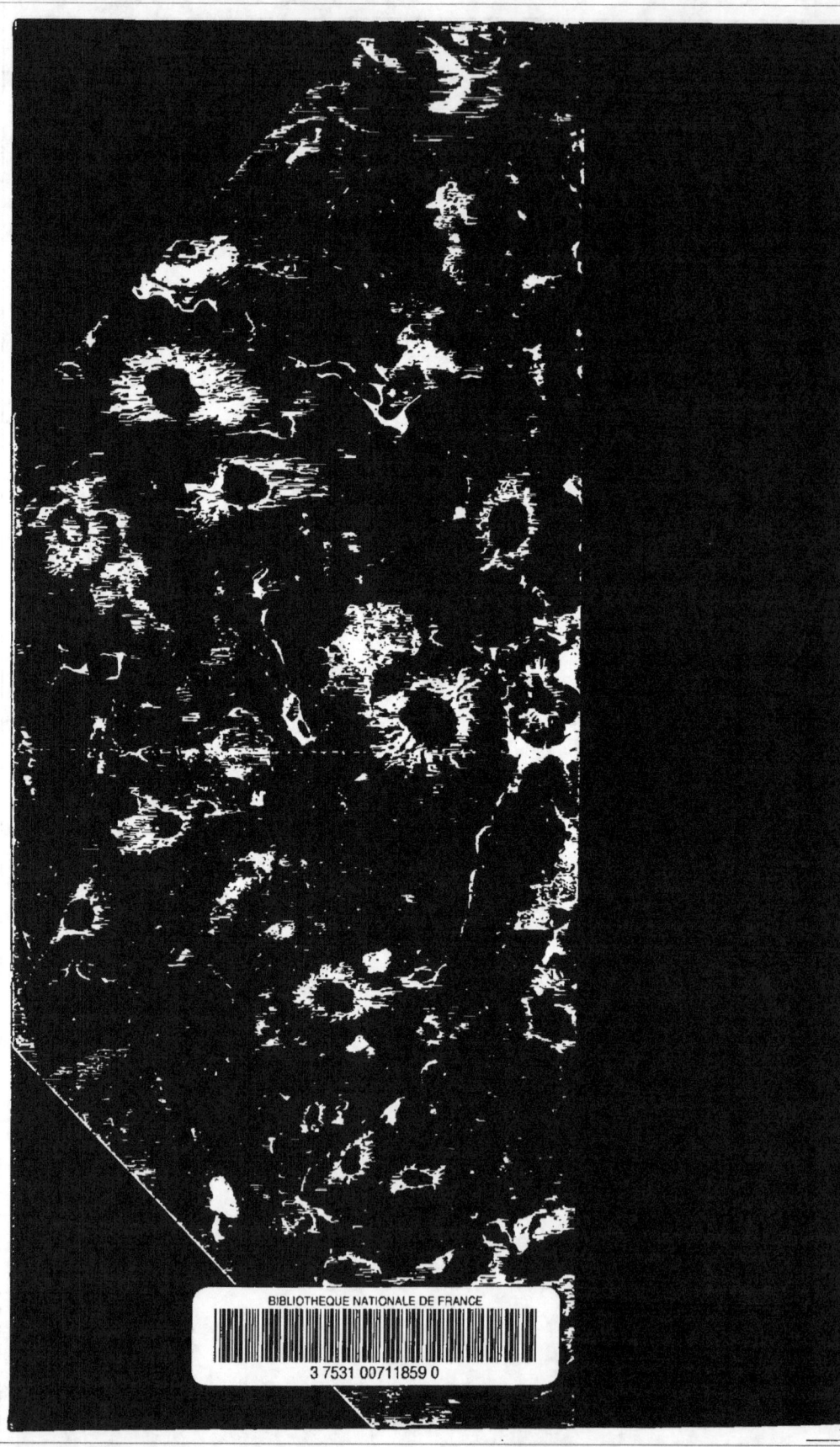